青蛙會喝熱可可嗎？

動物的保暖密技大公開

青蛙會喝熱可可嗎？
──動物的保暖密技大公開

文　　　字	艾塔・卡納 (Etta Kaner)
繪　　　圖	約翰・馬茨 (John Martz)
譯　　　者	吳寬柔
責任編輯	顏欣愉
美術編輯	黃顯喬
封面設計	約翰・馬茨
插畫設計	約翰・馬茨

發 行 人	劉振強
出 版 者	三民書局股份有限公司
地　　　址	臺北市復興北路 386 號 (復北門市)
	臺北市重慶南路一段 61 號 (重南門市)
電　　　話	(02)25006600
網　　　址	三民網路書店 https://www.sanmin.com.tw

出版日期	初版一刷 2019 年 12 月
書籍編號	S360591
I S B N	978-957-14-6628-6

Do Frogs Drink Hot Chocolate? : How Animals Keep Warm
Text © 2018 by Etta Kaner
Illustrations © 2018 by John Martz
Original English edition published by Owlkids Books Inc.
This traditional Chinese edition published by arrangement with Owlkids Books Inc.
through Bardon-Chinese Media Agency
Traditional Chinese copyright © 2019 by San Min Book Co., Ltd.
ALL RIGHTS RESERVED

三民書局

青蛙會喝熱可可嗎？

動物的保暖密技大公開

艾塔‧卡納／文　約翰‧馬茨／圖

吳寬柔／譯

三民書局

外面天氣變冷時，
動物們也會開暖氣嗎？

那麼牠們要如何度過寒風刺骨的
冷天呢？一起來看看吧……

青蛙會喝熱可可來保暖嗎？

NO!

有些青蛙甚至不會試圖保暖喔！阿拉斯加木蛙會變成「青蛙冰棒」，以幾乎全身結冰的方式度過冬天。隨著天氣回暖，木蛙也就跟著「解凍」啦！

企(ㄑㄧˋ)鵝(ㄜˊ)會(ㄏㄨㄟˋ)跟(ㄍㄣ)好(ㄏㄠˇ)朋(ㄆㄥˊ)友(ㄧㄡˇ)窩(ㄨㄛ)在(ㄗㄞˋ)一(ㄧˋ)起(ㄑㄧˇ)嗎(ㄇㄚ)？

冬天時，數千隻國王企鵝會成群圍繞在一起取暖。這個巨大圓圈的中間很溫暖，但外圍卻依然寒冷。該怎麼辦呢？當然是輪流囉！企鵝們會持續小步小步地移動，慢慢換位子。這樣一來，大家就都能到暖暖的圓圈中心了。

蝴蝶會晒日光浴嗎？

YES!

翅膀冷冰冰的蝴蝶是飛不起來的，而蝴蝶也沒辦法自己產生熱能。該怎麼辦呢？那就吸收太陽光吧！天冷時，蝴蝶會停在石頭或樹木上伸展翅膀，讓溫暖的陽光為翅膀的肌肉注入飛翔的能量！

狐ㄏㄨˊ狸ㄌㄧˊ會ㄏㄨㄟˋ戴ㄉㄞˋ耳ㄦˇ罩ㄓㄠˋ嗎ㄇㄚ？

北極狐有毛茸茸的小耳朵，不僅厚厚的絨毛可以幫助保暖，短小的尺寸也有大大的功能喔！突出的耳朵接觸冷空氣，狐狸體內的熱量也會因此流失。小耳朵不像大耳朵那麼突出，因此流失的熱量也就減少囉！

烏龜會跳上跳下來保持溫暖嗎？

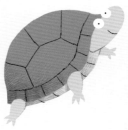

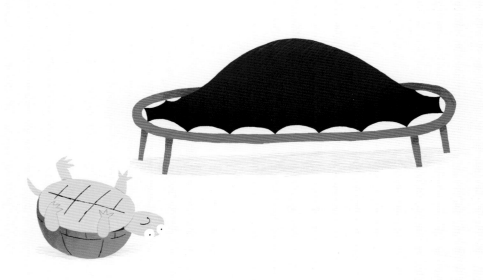

NO!

許多烏龜會鑽進池塘底的泥巴和枯葉中。那裡的水雖然冷，但不會結冰，水溫通常維持在攝氏 3.8 度。這對喜歡打盹等待春天的烏龜來說，真是再完美不過了！

北(ㄅㄟˇ)極(ㄐㄧˊ)熊(ㄒㄩㄥˊ)會(ㄏㄨㄟˋ)蓋(ㄍㄞˋ)房(ㄈㄤˊ)子(ㄗˇ)嗎(ㄇㄚ)？

YES!

懷孕的北極熊會建造洞穴，但不是用木頭和鐵鎚喔！北極熊媽媽會用牠銳利的爪子在雪中挖洞，洞穴完成後，牠會在裡頭生下寶寶。春天來臨前，北極熊媽媽和寶寶就能安全溫暖地在洞裡度過寒冬了。

鯨魚會穿雪衣嗎？

NO!

鯨魚的皮膚下有鯨脂。這層厚厚的脂肪能防止鯨魚體內的熱量流失，也能隔絕外在的寒冷。鯨魚的鯨脂可以厚達 30 公分呢！不只這樣，鯨脂也能用來儲存能量，讓鯨魚能夠長時間不吃東西。

松鼠會窩在毯子裡嗎？

YES! （答對一半！）

松鼠生來就有條暖暖的毯子。外面天氣冷時，牠們會用長長的、毛茸茸的尾巴把自己包起來，這樣就能防止體溫流失了！更厲害的是，隨著溫度下降，流向尾巴的血液也會跟著減少，而這些血液會留在松鼠體內，幫助牠們保持溫暖。

猴ㄏㄡˊ子ㄗ˙會ㄏㄨㄟˋ泡ㄆㄠˋ熱ㄖㄜˋ水ㄕㄨㄟˇ澡ㄗㄠˇ
來ㄌㄞˊ保ㄅㄠˇ暖ㄋㄨㄢˇ嗎ㄇㄚ˙？

YES!

日本獼猴最愛泡熱水澡了！日本有些地方會不斷湧出熱水，形成天然的池子。獼猴在雪地玩耍後，經常跳進這些熱水池裡取暖呢！

鱷ㄜˋ蜥ㄒㄧ會ㄏㄨㄟˋ坐ㄗㄨㄛˋ在ㄗㄞˋ營ㄧㄥˊ火ㄏㄨㄛˇ旁ㄆㄤˊ
取ㄑㄩˇ暖ㄋㄨㄢˇ嗎ㄇㄚˊ？

NO!

鱷ㄜˋ蜥ㄒㄧ的ㄉㄜ˙身ㄕㄣ體ㄊㄧˇ沒ㄇㄟˊ辦ㄅㄢˋ法ㄈㄚˇ產ㄔㄢˇ生ㄕㄥ熱ㄖㄜˋ，但ㄉㄢˋ是ㄕˋ鳥ㄋㄧㄠˇ類ㄌㄟˋ的ㄉㄜ˙身ㄕㄣ體ㄊㄧˇ可ㄎㄜˇ以ㄧˇ。猜ㄘㄞ猜ㄘㄞ鱷ㄜˋ蜥ㄒㄧ怎ㄗㄣˇ麼ㄇㄜ˙做ㄗㄨㄛˋ？牠ㄊㄚ會ㄏㄨㄟˋ和ㄏㄢˊ一ㄧˋ種ㄓㄨㄥˇ名ㄇㄧㄥˊ為ㄨㄟˊ「仙ㄒㄧㄢ鋸ㄐㄩˋ鶹ㄌㄧㄡˊ」的ㄉㄜ˙小ㄒㄧㄠˇ鳥ㄋㄧㄠˇ一ㄧˋ起ㄑㄧˇ過ㄍㄨㄛˋ夜ㄧㄝˋ。仙ㄒㄧㄢ鋸ㄐㄩˋ鶹ㄌㄧㄡˊ的ㄉㄜ˙體ㄊㄧˇ溫ㄨㄣ能ㄋㄥˊ讓ㄖㄤˋ鱷ㄜˋ蜥ㄒㄧ在ㄗㄞˋ半ㄅㄢˋ夜ㄧㄝˋ不ㄅㄨˊ會ㄏㄨㄟˋ冷ㄌㄥˇ到ㄉㄠˋ打ㄉㄚˇ哆ㄉㄨㄛ嗦ㄙㄨㄛ˙！

蜜蜂會團結合作來避冬嗎？

YES!

冬天時，蜜蜂會群聚在女王蜂身旁，接著大家一起「抖起來」！透過翅膀肌肉的振動，牠們能夠升高蜂巢的溫度，讓女王蜂暖洋洋的喔！但蜜蜂們哪來的能量抖個不停呢？當然是吃蜂蜜囉！

鳥類會飛到南方過冬嗎？

冬天時，有些鳥類會飛到溫暖的南方尋找食物，有些鳥類則會吃得飽飽的來度過寒冬。食物能提供能量，讓鳥類的身體保持溫暖。而羽毛也是好幫手喔！蓬鬆的羽毛能將溫暖的空氣保留在鳥類的皮膚周圍。

原（ㄩㄢˊ）駝（ㄊㄨㄛˊ）會（ㄏㄨㄟˋ）穿（ㄔㄨㄢ）襪（ㄨㄚˋ）套（ㄊㄠˋ）來（ㄌㄞˊ）保（ㄅㄠˇ）暖（ㄋㄨㄢˇ）四（ㄙˋ）肢（ㄓ）嗎（ㄇㄚ）？

YES! （答對一半！）

原駝有一身厚重的羊毛大衣，但腿上的毛卻只有一點點。每當天氣冷時，怕冷的原駝會趴在草地上，把腿藏在身體下方，這樣就能舒舒服服地保暖囉！

書裡的動物們都各自有
特別的禦寒方式。

那你呢？
你的保暖密技是什麼？